诗
想
者

H I P O E M

生 活 ， 还 有 诗

母熊

林白 著

GUANGXI NORMAL UNIVERSITY PRESS
广西师范大学出版社
·桂林·

母熊

Muxiong

策 划 人/ 刘　春
责任编辑/ 郭　静
责任技编/ 王增元
装帧设计/ 唐秋萍

图书在版编目（CIP）数据

母熊 / 林白著. —桂林：广西师范大学出版社，2021.6

ISBN 978-7-5598-3772-1

Ⅰ. ①母… Ⅱ. ①林… Ⅲ. ①诗集—中国—当代 Ⅳ. ①I227

中国版本图书馆 CIP 数据核字（2021）第 074851 号

广西师范大学出版社出版发行
（广西桂林市五里店路 9 号　邮政编码：541004
网址：http://www.bbtpress.com）
出版人：黄轩庄
全国新华书店经销
广西广大印务有限责任公司印刷
（桂林市临桂区秧塘工业园西城大道北侧广西师范大学出版社集团有限公司创意产业园内　邮政编码：541199）
开本：890 mm × 1 240 mm　1/32
印张：7.125　　字数：160 千
2021 年 6 月第 1 版　　2021 年 6 月第 1 次印刷
定价：62.00 元

本诗集题献N.D.

目　录

苹果（五首）

书桌上的苹果

书桌上的苹果是最后一只
我从未与一只苹果如此厮守过
从一月底到二月
再到三月二十日。

稀薄的芬芳安抚了我
某种缩塌我也完全明白。
在时远时近的距离中
你斑斓的拳头张开
我就会看见诗——
那棕色的核。

我心无旁骛奔赴你的颜色
嫩黄、姜黄与橘黄
你的汁液包藏万物
而我激烈地越过自身。

我超现实地想到了塞尚
他的苹果与果盘
那些色彩的响度
与喑哑的答言

我不可避免地要想到
里尔克关于塞尚的通信：
你的内部已震动
兀自升腾又跌落，
要极其切近事实是何等不易。

2020.3.20，春分

缩塌

你就要真正缩塌
在把腐臭倾倒给世界之后

裹挟万物的汁液
退潮了，喷溅白色的泡沫
你回到黑暗
回到大地深处。

你离开
世界将分崩离析。
我要提前悼念你
也悼念世界，
并追忆你与世界
同在的日子。

我也许会在深渊倾听吧
在你消失之后的空白处。

2020.4.4，清明

32

苹果

也是你的,苹果只是你一生
我们生与一只苹果的此断亲
从一口咬到七亿
再到三月二十日

那么,我已经到了你的家楼了吗
你给你了,一只苹果与我之间

你在苹果之下等着我
果我 我们俩的距离我也完全明白
在我们对面的那些人的眼里
一个迷途者的诗

你的眼睛里
也有苹果
我们会有
只有一
那样的秘密

我以为你会拿着苹果的手走出来
缓缓地走进你的世界,

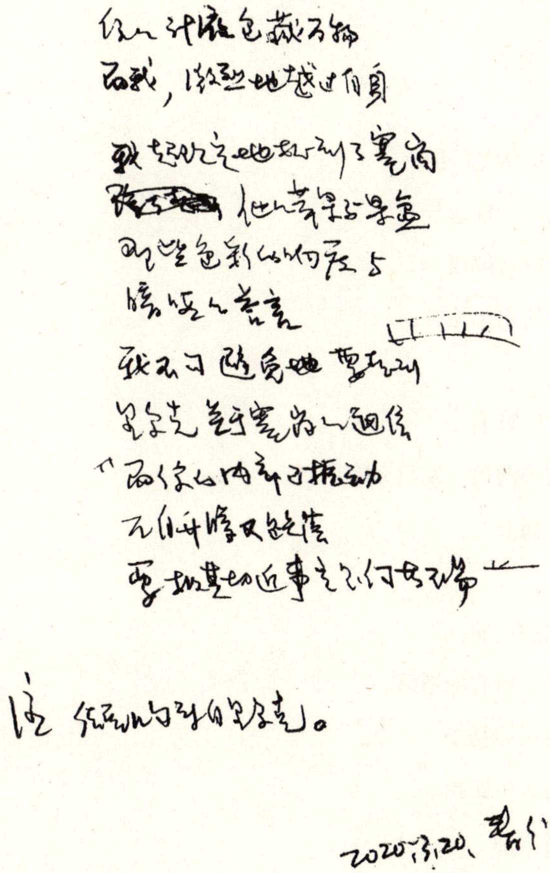

（《书桌上的苹果》 手稿）

汹涌

正面仍然是好的
虽然已经堆起皱
你可以理解成
正常的水土流失。

一旦转过面
溃败的两处，发暗微陷
触目惊心

内部的烂泥
浸没了所有的道路。
无数次的暴雨
上万头牛践踏
泥泞汹涌

皮肉即将分离

烂泥滚动进入那道门
最后的时刻我闭上眼睛
倾听往昔的声音。

2020.4.22
2020.4.27 改

荒芜

它还没有烂透，
只是表层的溃疡扩大了。
那些缓慢的变化与我相伴，
故它仍然留在我的书桌上。

一只虚无的乌鸦来啄
它露出了腐骨

它是春天的遗址吗？
花木凋零
颜色发暗，
却有一种出乎意料的坚硬。

我从未目睹过一只苹果的腐烂。
当我意识到它内部的荒芜
它仿佛挂在了我的头顶。

当我仰望
它那不存在的牙齿
与我劈面相撞。

2020.4.25
2020.4.27 改

新芽

黑色的闪电撕开表皮
果肉奔跑
向着四月。
这不是它的月份

从前它担心烂得快
行事小心
在缩塌之前突然奔跑
连自己都吓了一大跳。

它奔跑，重新回到树的根部。
树啊树啊
你满树的新芽！
那棵树，在四月的夜里

在四月

苹果长上了黑暗的山巅
石头从波浪走出
给它自己的手。

2020.4.5，晨草，即改

母熊（六首）

多年后

多年后再遇见你我会怎么样
那时你将缩小为一个
璀璨的梦

甚至更小
如一粒星
在银河

窃窃耳语的密林
无尽的风
仍浩荡回旋

当年某个死去的自我
因为这特殊的初夏
在枯草上复活

一只只幼崽

睁开眼睛

初生的眼眸，星光闪闪

石头在飞，石头在滚

水在树林中闪烁

波浪嘶鸣

在梦的缝隙中

一只北方的母熊

驮我缩塌（或下沉）

那时我已重新回到子宫了吧

带着来世的祈盼

2020.5.4

以你明亮乳汁的雌性

今年你醒得特别早。
你冬眠的时候，
我在哪里呢？

一群幼崽在雪地中
大小不一，只只闭眼。
每天清晨，你挨个舔它们
夜晚睡前再舔一遍。

当温热的舌头在我脸上
我知道我是幼崽中的一只

昨日听闻有一种花
雌雄双蕊
我想你也是。
你是雌熊

也是雄的。

以你明亮乳汁的雌性
你黑暗身躯的雄性
黑白相间的花
渐渐勾勒出我的形状。

2020.4.20，二稿

来世

来世我不会生而为我了
一头年轻的母熊
黑亮的皮毛
带着满地初生的幼崽
夜夜对着猎户星

不如祈愿生为一棵树
就在海边的松林里
这个想法令我心花怒放。

我可以现在就到海边看一看
北海，三亚或烟台
实在都不远。

如果遇见你从烟波中浮起
我定要在这样的梦里多待一下。

好吧，我先选定一处
郑重做上标记。
我将预先和周围的松树
发出阵阵松涛
从此世到彼世。

2020.5.5，立夏

77

~~迷~~路

你在晚上时，我在哪里呢？

今天你醒后我站到那里

~~那时你已经醒了~~

一群幼仔在雪地中

突然大不一，~~等闲呢~~

全都闭紧嘴

每个清晨，

你指个野兔们

记得那时再去一遍

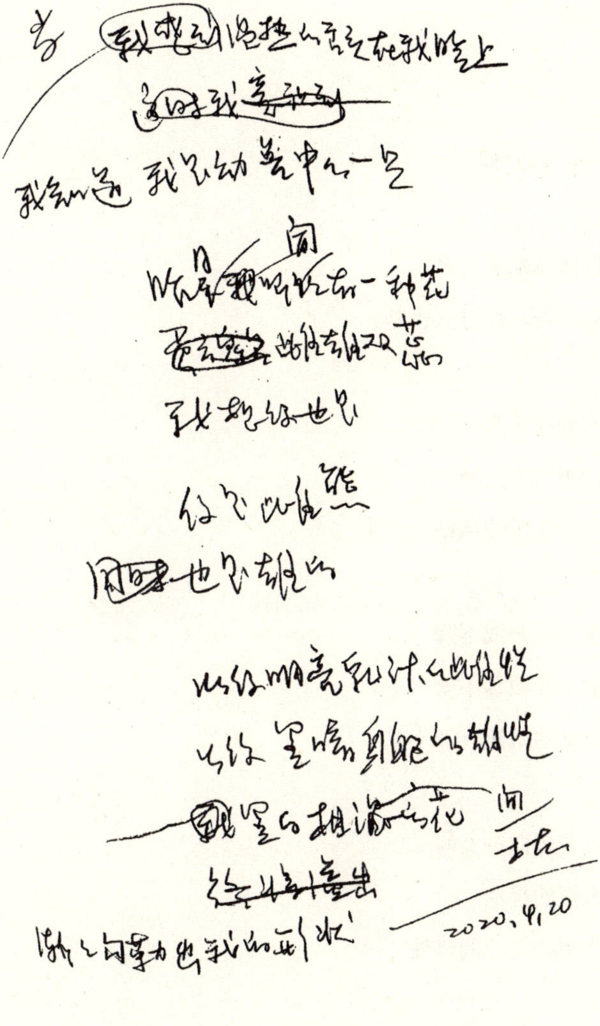

（《母熊》 手稿）

那时候

母熊是幼崽的梦
料想着，反过来也是

此刻我想起
1995 年的三峡
一个女子迎风站立船头

水在上升或下降
水平线激荡不安
内部的暗流奔涌不息

设若望向神女峰
永恒的母熊
你明亮乳汁的雌性

此刻是谁

深入黑暗的躯体

隆隆驶过万重山

2020.5.6

2020.11.5 改

幼崽

幼崽在时间中翻筋斗

澄明，欣悦

一个接着一个

它每一秒都没有辜负

刹那间多寂静啊

料母熊也同在这寂静中

2020.5.6

2020.11.5 改

时间的苫布

时间的苫布
被我钻了 89 只洞眼
89 根绳索
助我起飞

无论如何我都是幸运的
生锈的铁钉
磨得锋利

庚子年春天，这一块
巨大的磨刀石
你敲它
它就发出沉闷的回响

89 只黑熊的幼崽
每一只

头上都企[1]着一只
闪亮的乌鸦

2020.4.28
2020.6.13 改

1 企，广西北流方言，站。

节气：春分

春天的确被分成了两半
一半在去年之前，
另一半
在被口罩挡住的这边。

我多想咏唱从前的花呀，
尤其是油菜花。
我还想收割油菜，
在湖北的木兰湖。
而此时此刻，
它们的金黄迅速后退

皮肉成灰。
离春分还有三天
庚子年磨利的刀锋，
提前划伤了我。

2020.3.17

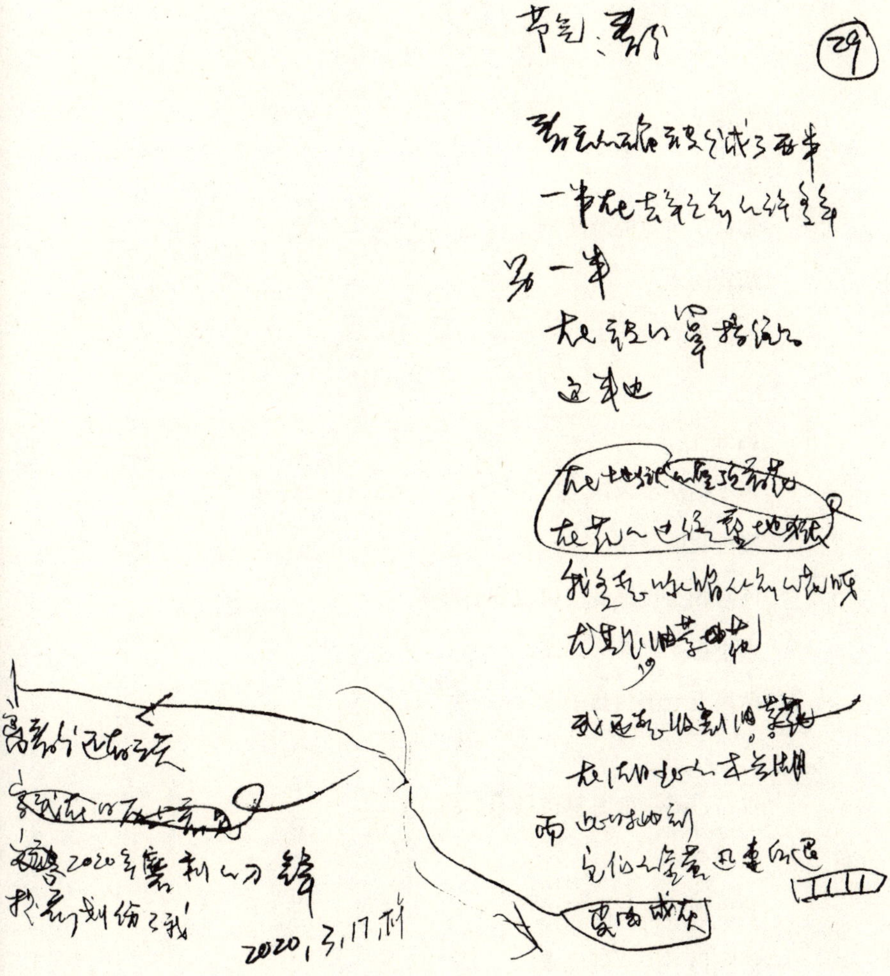

（《节气：春分》 手稿）

荷花苑

我已不必，匆忙
奔赴荷花苑，
那仰头可见的晾晒物
滴答的水，
不再落到我头上，

烟火气
再不会从小饭馆
撞进我的眼睛，
同时我不再享受门口便宜的推拿
也不再吃到巷头那家，
两块五一碗的热干面。

汉口，离华南海鲜市场不远的
荷花苑
我告别它已有四年，
而我仍不能感到侥幸。

昨夜邻居旧友对我说，
若你仍住这里
在苹果与塞尚之后
你要与一个动词相遇
团购——
粮食、蔬菜、口罩
84 消毒液

荷花向来是没有的
此时有连花清瘟胶囊。
即使如此
我仍然不能感到侥幸。

又或者
我在认出命运的同时
认出了荷花。

2020.3.23

那不勒斯应无恙

去年此时
我盘算去意大利
那些数世纪从未衰弱的名字
被地平线的箭头钉住的大海
老于酒的光[1]

到十月果真去成了
许愿池阳光炫目
两位中年美人
她们走进《神曲》的仪态
被我晒到朋友圈

昨夜我在电视上与之重逢
威尼斯的叹息桥
米兰大教堂
黑头发的记者手握命运

1 此处"那些数世纪从未衰弱的名字 / 被地平线的箭头钉住的大海 / 老于酒的光"三句诗出自沃尔科特。引文即致敬。

意大利

确诊病例 7424

累计死亡 366

箭矢提前命中

病毒重新定义了每一个人

每一寸土地

那不勒斯应无恙

我的南方

那燃烧的凤凰木羊蹄甲鸡蛋花夹竹桃

插队时

同样的五色花曾经治过我的烂脚

卡普里与苏莲托

亲爱的植物让我眼含热泪

2020.3.10，晨 8 点

三月，再次诞生

为了曾经书写过的三月
三月再次诞生
静脉发芽
潜伏已久的文青
探出白色的短发。

泪水闪闪穿行来到三月
三月，阅后即焚
它发出嘶嘶的烧焦声。
你也燃烧
以松弛的皮肤
渐深的皱纹
以及褐色的斑。

是什么擦亮了你的喉咙
猝不及防
你听见自己
每天啼叫不已。

病毒爆发

与写作爆发同步

你模仿了

真实的春天。

2020.3.12，晨，植树节

三月尚未过半

漫长的三月尚未过到一半
我从二月开始读《死水微澜》
荠菜饺子在冰箱冻了两个月
而在湖北浠水
它们已经满了田畈

塑料薄手套
挂在南新仓的树枝上
隐含春天的车前草
它们稀疏的手指唤起记忆。

有关车前——
车轮碾压仍然青翠芳香
贴地而生欣欣向荣
斜雨骤降
它是人世的药

此外它还是一种占卜草

站在人神两界的中间
这就是车前草，来自
《杂草的故事》，我的常备书。

今天写下这些
是因为三月尚未过半。

2020.3.13

三月，奥麦罗斯

三月，奥麦罗斯，
我如此爱你。
我对你一无所知
就像那些海，
无论是加勒比海还是大西洋，
它们如此遥远

作为一本书，
你实在太厚了，
足足526页。
巨大的史诗
包含全人类。

遥遥而望又有何不可呢
我只知道那里有金表和海燕
以及腌鳕鱼
知道最重要的伤口在脚踝，

无法治愈，发出恶臭，
只知道一点皮毛有何不可呢

作为一本书，
我只读了五页半，
我永远不会读完的
奥麦罗斯
我只摩挲你的书页。
你离开海岸的时候，
大海还在那里咆哮。

2020.3.13

扑克牌与略萨老头

是的，昨天算错了日子
不是 52 天
是 54
整整一副扑克牌。

波谲云诡的扑克牌
最后一张居然来自秘鲁。
略萨老头，
80 年代
我们多么热爱你。
你的结构现实主义，
启发了我的心理现实主义。

我们喝下各种主义的浓汤，
周身大汗
耳语高亢
城市与狗绿房子
劳军女郎胡利娅……

照明弹啾啾而鸣
爆炸再爆炸。
外省生活务必抛弃。
你娶了姨妈，又娶表妹，
我至少
要从广西去北京。

但我仍然
无法把你追认为导师
无论你说了什么
还是没说什么
你只是刺痛了我
在三十多年前。

略萨老头，
你马上就 84 了吧。
一匹种马
骑着一朵巨大的云头

雷鸣般滚滚而过
在三月。

2020.3.17

群鸟

我无法不看见那棵树
和树上的 14 只鸟
（也许是 15 只）
每个树杈企着一只
小小麻雀

仿佛是一棵枯树
绿色全无，
我想起去年秋天，
满树苹果，垂垂坠坠。

然后我望见了星点嫩芽
是真的，
就在麻雀的身旁
在正午的阳光下

重叠的阴影令人目眩。
麻雀飞起又落下，

树底一片灰白鸟粪
而紫玉兰花瓣，纷纷扬扬。

在风吹过之处
我听说，
如果春天要来
大地会使它一点点完成。

2020.3.22

假如鸟类

在阴天飞行也是好的，
假如鸟类
也有白内障。

云层不单挡住强光
而且包含雨意
那湿润的气流柔和地
托着你的筋骨。

你离散的躯体
从我的内部飞过
阴天更加肃穆旷远。

2020.3.26，晨，阴天

寂静[1]

也并非完全寂静
很长的队伍
有三千多人
我猜这是其中的一截

人和人间隔一米
人人低头刷手机。
即使手机传出声音
也仍然是寂静的。

骨灰是寂静的，
它的悸动
也是寂静的。

通往骨灰盒的路
没有寻常的声音。

2020.3.26

---

1 笔者按：看到一幅图片，汉口殡仪馆外排队领取亲人骨灰的队伍。写下这几行。两天后听邓一光说，我住过的汉口荷花苑，后背直线距离 200 米就是汉口殡仪馆。

一只鸟的鸣叫

一只鸟的鸣叫停止了，
如罄竹之声
忽然中断。

连续六十个夜晚
在子时
微弱
清晰
鸣叫出熹微的光

一只孤独的鸟
自己把自己叫成一片竹林
在沙沙的风中
涕泪滂沱……

而水浪涌起在竹梢。
此刻光也是寂静的
空中的涟漪肃穆

41

一只鸟的鸣叫

一只鸟的鸣叫停止了

如击竹声 之

忽然中断

她曾经鸣叫了三十个夜晚

在子时

很微弱

渐渐断

然而终出之

一只鸟的鸣叫

也能幸运

可以叫成一片

竹林

~~她信任它的道德标准去说话了~~

而天空的[illegible]

~~[illegible]~~空中的边缘线[illegible]

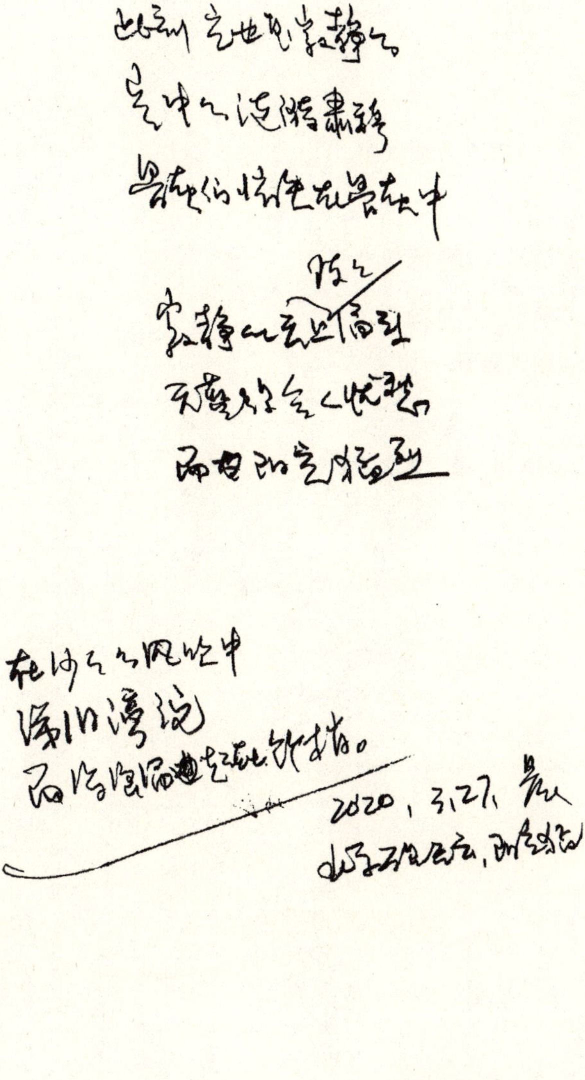

（《一只鸟的鸣叫》 手稿）

骨灰们消失在骨灰中。

寂静从天上阵阵涌来
天蓝得令人忧愁
而阳光猛烈

2020.3.27，晨。北京万里无云阳光猛烈

神灵凭附的时刻

——兼答友人

神灵凭附的时刻
荷花苑
不再是那一个
它上升，在时间之上
也并不在任何空间
它在水与荷花的永恒国度

昨天你告诉我，荷花苑
千年前不是荒地
是一片湖泽
当然也有野荷花
百年前汉口开发，修了张公堤
逼走水，湖泽成了陆地。
你知道吗
它背后直线距离 200 米
就是汉口殡仪馆。

谢谢你告诉我这一切。

透过无穷无尽的荷花，
我望得见汉口殡仪馆
那三千人的寂寂长队。
但，我能保留虚空的荷花苑吗

我也望得见
当年你送我搬进荷花苑那一瞬。
而白鹭飞起，
为所有的时刻。

2020.3.29，上午，写给邓一光

清明

需要悬停在气流上
需要记住那些骨灰
需要在你的白色之中
生出白色。

从立春到雨水再到惊蛰
再有五天就到清明。
白鹭，翅膀使你辽阔
无论是轻的荷花苑
还是重的
白色的翅膀承载眼泪。

你带着它们有力地升起。
那些脱离了呼吸机的粉末
从炼狱飞升
白色的羽毛
风雨中的护身符。

谁又能知道

现在的阴影

会否变成未来的阴影。

而白鹭白茫茫

停在了清明。

2020.3.30

外婆

她纹丝不动
而世界收缩成
她手中钩织的眼镜袋
黑底红字：共产党万岁
底部有她惯用的云纹。

我认识她的时候
她是黑衣农妇
已缩在一只皱纹的网里
发白如雪。
纹丝不动
在泥屋边的阳桃树下。

前地主家小姐
毕业于容州女子师范
她内心的风暴我一无所知
只曾听她说，不喜读《红楼梦》。

当浑浊水塘里的一只鸡
挣扎着冒出水面
世界就已经
沉到了水底。

去年母亲告诉我
外婆来自白鸽坡
与毛主席同年同月生
若活着，今年 127 岁。

2020.4.2

广西崇左

即使已经离开四个月，
崇左的左江斜塔
仍然以它的斜度，
向我举起广西的红泥岭
与芭蕉木。

就是那畬[1]芭蕉木
35 年前那一畬
它始终坚持了绿色
正如我坚持着三月。

三月，无数气泡在爆裂，
南宁寄来的口罩装点了我的平仄
三月木棉
开花的力量，把我的文字送给你。

时间把我们放在芭蕉木下，

1　畬，音 pó，广西北流方言，棵。

你的长发，我的短发，
你的猪肝粥，
我的公园路。

在灰烬中，时间战胜了我们，
我们也成了时间本身。

2020.3.24，写给张燕玲，纪念 35 年的友谊

白鹭（十七首）

——三月到四月

荷花使者或荷花苑

我想你其实并不认识我；
荷花苑，当然你于我也是陌生。
可这并不妨碍，有荷花
生于污泥之上的水，
那陌生的虚空。

无穷无尽的荷花
你牵着谁的衣角而来

一千年前就有了
荷花苑，当然你只有三十年。
我猜想，千年前是一片荒地
离长江尚有一段距离
想必有大湖……
没有也不要紧，不远处肯定有。

(45)

荷花结束我荷花巷 （给骆之二）

（去改）

~~你说你我好，荷花荷花~~

我想给其它也甚不让给我

让我我手给 路

可 来

经过不好好

~~你和给已经有 结果~~

~~云游云后~~

~~三年 给它有三十年~~

阳光

有荷花

生阿 野云后 来 路它来

野马风云上上水

云后云后 有荷花

你青春说儿又 角面外

荷花荷花 ~~我立~~

一个 年青 我 了

给它有三十年

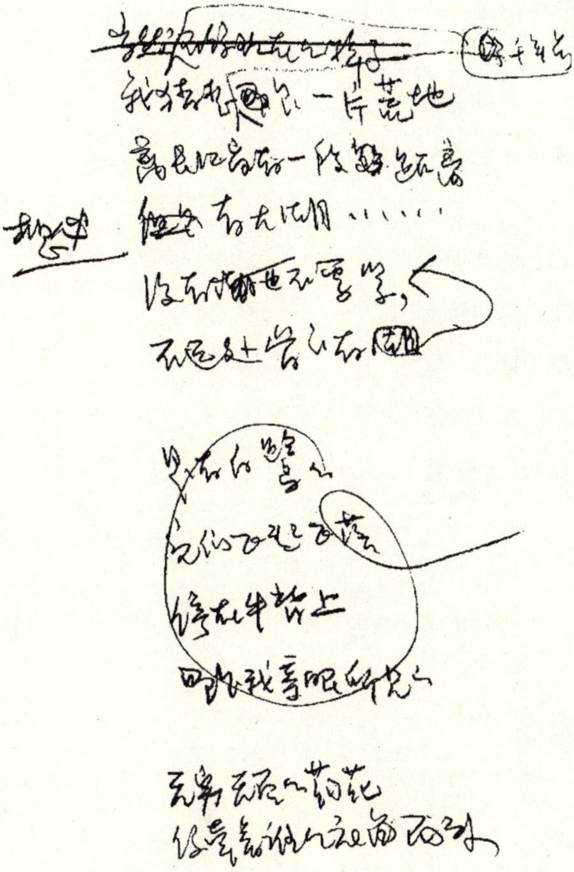

（《荷花使者或荷花苑》 手稿）

无穷无尽的荷花
你牵着谁的衣角而来

那白色的衣裾
骑在白鹭翅膀上
大群大群的白鹭
它们飞起又落下
停在灰色的牛背

无穷无尽的荷花
你白色的衣角迎风翻飞

2020.3.28

认出

我在认出命运的同时

认出了荷花。

——《荷花苑》

喝下那么多孟婆汤
自然就不认得了
前世的深渊
谁又能纵身一跃？

我戴上口罩却认出了你
隔着一层蓝色的纤维，
你骤然出现
说是闪电也毫不为过，
你差点灼伤了我。

那身影遍布世界。
在人的内部
你到达星辰，
而你的污泥闪闪发光。

2005 年我搬进汉口荷花苑
十五年，隔了这么久，
命运才告诉你
它事先埋伏的秘密。

淤泥上清澈的水
荷花鲜明
在我前额的裂缝中。

2020.3.27，上午

高黎贡

你来自牛背
那灰色的丘陵
你白色的衣角飘飘

我遇见你的那一瞬
你已飞起
翅膀下面大片金黄。

也许是稻田，或者油菜花
若是六月，则是前者
若三月，则后者。

那一瞬，越过脚下的路
我看见植物浪涌如黄金
2006 年，我自高黎贡下山。

大群白鹭从田野飞起
天极蓝，白云耀眼
不可思议，我翻越了高黎贡

连续徒步十小时
从百花岭经南斋公房垭口至林家铺子

最高处，海拔 3200。

在南斋公房垭口漫天大雪
一碗方便面之后冒雪前行
那是当年抗日主战场……

从二月到三月
另一座高黎贡
超过六十天，以笔徒步
你白色的衣角飘飘

2020.3.30

垭口

白色如此深广
我想起在青苔密集的阴凉处，

其实是你在我的头顶
在高黎贡崎岖的山路上。

事隔多年，我忽然醒悟
身下那股上升的气流
无形的撑擎
是你的羽翼

我忆起那一刻
向导站在雨夹雪的垭口：
必须冲下去，一秒都不能停。
那是一个大风口，没有路。

十小时，高海拔在风雪中
是你替我召唤了神灵。
然后你消失
就像从未出现。

你广阔的翅膀在时间中汹涌
直到偶然的那一瞬
于夕照中，与我
相逢于塔下。

2020.3.31

白鹭的孩子

现在知道了
我是白鹭的孩子
一片松林嘶嘶鸣响
天空抖动的瞬间
我身下，骤然一片湛蓝

万物倒转
我向下生长

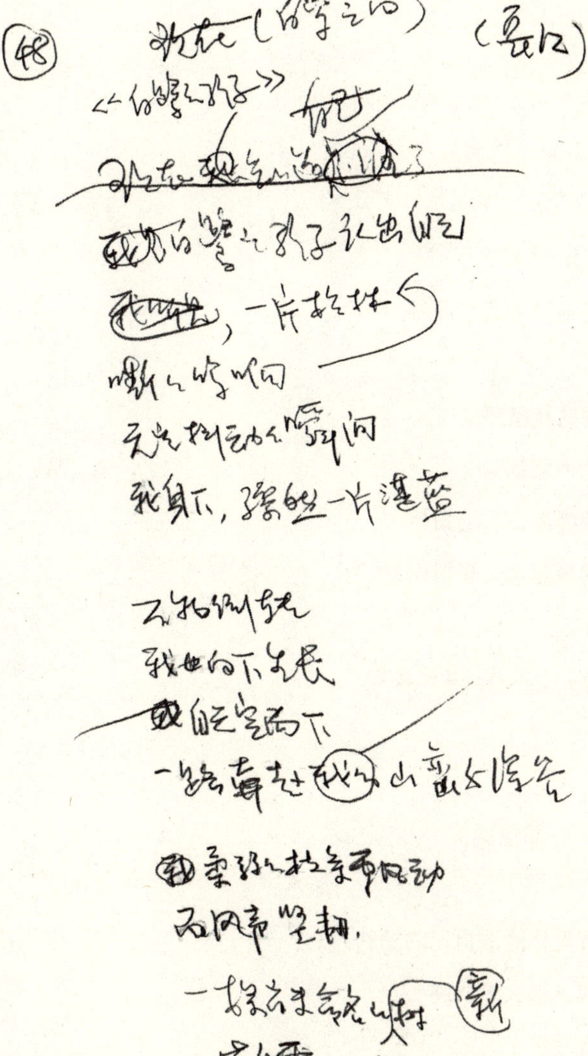

（《白鹭的孩子》 手稿）

自天空而下
一路奔赴山峦与深谷

柔弱的枝条飘动
而风声坚韧
一棵尚未命名的新树
以满身露水，喜极而泣。

2020.4.1，晨草，傍晚改定

身怀黑暗

我看见你清洗自己的翅膀。
运载了那么多异物
是有些脏了。

你是要飞往——

银河中央的漩涡？
那无限遥远处。

我挂在你的翅上已经很久。
隐藏的岁月
无声的狂风。

倒下的栅栏，在午夜喧响
我看见你独自上升
而世界静默

我梦见自己在你的嘴里。
身怀黑暗
背向光明

2020.4.3，晨

穿过这雾

（世界在雾中）

我梦见自己在你的嘴里
隔着羽毛
我听见气流的声音
听见星星与大雾碰撞。

穿过这雾
我在你嘴里。
在黑白交界处
重量骤然加重的同时
又失去

白鹭内部有黑色之花
我乘坐黑色花瓣的边缘。
一朵花，同时也是所有的花

黑得发亮，反射黑

或者完全不亮，吸收黑

——多维的黑

我在黑暗的旋臂

在你嘴里。

2020.4.3

2020.4.7 改，定稿

一个梦

一片大海

就在东四十条八楼的窗下

我探头看

是真的

湛蓝湛蓝的海水，有浪

临窗的墙下
居然有七八只白天鹅
不，是白鹭
黑色的长喙发出嘶鸣

海水真蓝
没有一丝泡沫

之前怎么没发现这片海？
梦中的问题如此自私
竟然忽略了
七层以下的楼层
它们是否浸没在水中？

2020.4.7，晨草

2020.4.8，改

东四十条

白鹭停在半夜的海上。
东四十条
那座灰色高楼下的海

海平面在八层
秘密永远在此之下。
漫天白色
代替了大雾。

四月，杨花似雪
柔软地敲打
发出当当之声

2020.4.7，午草

2020.4.8，二稿

必须

白鹭必须忘记世界的成长
它将找到自己的入口
顺着血液，回到丘陵。

它对世间的激动必须无动于衷
背对上下四方
也背对，这个春天

背对一切使它更加犀利，
它是虚空中一把寒冷的刀
没有刀刃。

没有刀刃
只有内部的雷霆
与外部的寂静

2020.4.7，夜草

此刻

白鹭是没有年龄的
故我也没有。
没有过去和现在
只有黑暗的此刻

寒战滚过皮肤
结成冰质的痂。
没有现在和未来
只有黑暗的此刻

此刻
白鹭的翅膀如铁如钢
我们在黑暗里彼此凝视

2020.4.7，夜草

保持微笑

拽着你的衣角我也到不了
猎户星座
我终将降落
你将远去
向着黑暗的天外。

黑暗会裂开一道缝
待你略一停顿，
我旋转着降落
每转一次身都会看见
你白色的影子。

愿我降落在稻田的旁边
最好是十月
最好有一条大河
河水满盈清澈。

最好有成群的白鹭
停在灰色的牛背。

而我应该保持微笑
这个春天遇见你
有多不可思议
就有多不合时宜。

2020.4.8，晨草

黑之白鹭

我要凿一条隧道
穿过这山
用一根树枝

一块石头。

坚硬的山的骨骼
是巨大的牙齿。

它会吃掉我
而不是相反。

长长的黑喙
少年时的鸡丁锄
尖利而修长——
1969 年，全民深挖洞广积粮。

黑喙凿开了山石
我的树枝得以通过。
我知道
那就是白鹭

我完全看不见它
隐在黑暗中的

是闪闪发光的黑喙
——黑之白鹭。

2020.4.9

发辫

每日清晨
我披头散发奔向你
你拿出一把木梳

从头顶到发梢
一梳又一梳
你的手在我脑后

我想扭头看你。
你的手掌摁住我的脑袋

温热像一只鸡蛋。

我的发辫一边一条
当我揽镜
你已消失。

我顶着编好的发辫
从晏昼到深夜。
那上面有你的体温。

我的心
安放在凹陷的枕头上。
等待次日清晨

2020.4.10

浸没

在海浸没的七层以下
它运送的冰块
无人能见。

在冬天
迎面相撞
那时它化身成一株甘蔗

甘蔗林里的甘蔗难以辨认
除非
你正好落在它旁边
而且除非，甘蔗有冰冷的表情

四月的风吹过
甘蔗用深海的冰块

衔接起一节又一节

2020.4.11

2020.11.9 改

世界的回信

我是你披头散发的女儿
你是父亲
四月短暂的父亲。

我的生身之父
未曾替我梳过发辫
他的时间停留在我三岁，
他手里我的头发也不会再生长。

一切的未曾那样多
巨大的未曾。

我吞下那荒凉超过半世纪。

你白色的羽翅降落在四月
每日清晨
衔来世界的回信。

“我写给世界的信，
世界从来不曾写给我”
我不知道是比她幸运，
还是更加不幸。

2020.4.13，晨二稿

纯粹的荷花

纯粹的荷花已经出现
世界的莲子
在它的花瓣之中。

(64)　她们的回信　　给学生十八

我已经报名去收养女儿

给她文字

但我们四月会给错的文字

的学生们它以

~~我并不知文字~~

来不及我搞过了的故事　发

他用[illegible]的时间停留在我之发

他等待因我的头发再也不会生长

~~千百年来的他们的谈话~~

千百年来遵守的信

~~他们[illegible]~~

他的头发已经长入[illegible]

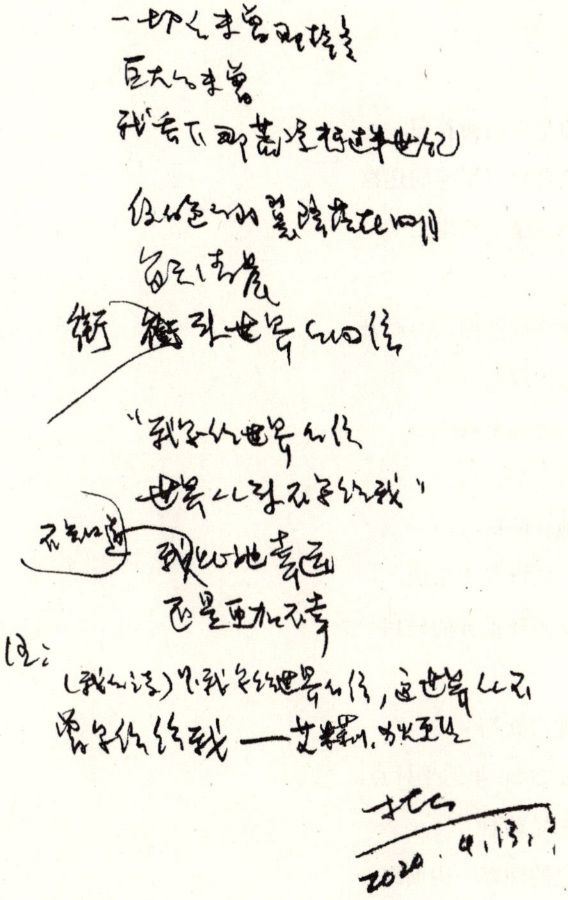

（《世界的回信》 手稿）

虚空中的荷花苑
来自猎户星座的迷宫
不沾染一丝尘土

迷宫向四面八方敞开
它出现在
污泥的灰烬中。

纯粹的荷花。
它在世界中生成
却不在世界的任何一处

就在此刻
在 2020 年的坐标点。
它晃动着
它的纯粹一闪而过。

2020.4.8—2020.4.11

一种描述

四月，花开了
丁香开成一堆
海棠重叠，互相绊倒
蔷薇始终未见

昨天，病毒挤满了黄山
它们一路跑呀
东半球到西半球
北半球到南半球
口罩来回扔——
病毒，重新命名了国际。

从 1 月 21 日，到昨天
4 月 5 日
一只猫，困在家中 73 天。
猫的海难现场
家具漂浮
它奋力自救。

即将崩塌的世界

主人是隔海相望的一串气泡

时而升起，时而消失。

蓝色的猫

流下琥珀般的眼泪

在黑暗隧道的尽头。

2020.4.6

自行车（三首）

亲爱的自行车

在一片衰草中她望见了自行车
这个四月令她意外。

她想越过枯草去看真正的四月
真正的四月没有降临

她相信，夜晚是四月的使者
牵着它的衣角四月会短暂来到

又或者，自行车是夜的本身
骑上即夜色四合

她在所有的夜晚穿梭
所有的时间带她旋转

插队时的六感大队

十年前的武汉长江二桥

亲爱的自行车
在四月的荒凉中我眼含热泪

它在黑暗中颤动
身上披着水光

2020.4.12

独眼兽

即使你只有一只眼
我也仍然爱你
即使你只能望见世界的半边。

亲爱的，半边就够了

甚至，只能看见一株秧苗。
六感大队的水田旁
漆黑的夜里我与你一体。

十九岁的乡间小道
我单手右手扶把，左手电筒
坚硬与烂湴交替
稍一迟疑就会跌倒。

在全然的黑暗中
四月的蔷薇一路炸裂
浩荡向前

我站在那只眼睛上
如果加速
就能飞起。

2020.4.14，晨，三稿而成

变形记

这是特别奇怪的事情
车头是门头
横梁斜杠成为门框。
如果你愿意
两只车轮恰可当门墩。

门墩在傍晚起飞
越过了泥湴和沟渠
即使没有车身
也会滚得很远。

雌兽蹲伏数十年
她暗中喘息
此时嘶鸣
腾空而出——
此刻，你变成了门。

2020.4.15

降落伞（三首）

其一

我梦见降落伞
就是它应该的样子
像水母
有 17 根垂绳
或者 13
或者 19

（既除不尽
也数不清）

垂绳收束打一只结是最好的
它将成为真正的降落伞。
但，不打结又如何呢？
不当降落伞
永不降落
又如何呢？

巨大的水母在空中飘
海洋之心
有一只海螺。
吞吐时间的沙子。

2020.4.3，晨

其二

在四月降落是不错的
随着一阵春风
我看见了苹果花。

挡住无妄的石头
（它们突然飞起）
只留下大块的云。
灰白的云层是湿润的

我穿过它们。

今年的花，只有寥寥几朵
但我知道
那是我心心相印的品种。

芳香的气息
在谁的手里？
一根绳子
在黑暗中。

愿这个四月坡度平缓
我既可以缓缓降落
又可永远飘浮。

2020.4.17

其三

多些更多些

轻些更轻些

我希望你在我的上方

无论你的垂绳有多少

十七，十九，或者二十九

我一律照单全收

紧紧缩成一只结

我全身的重量就在你的抓手上

想到降落伞我想到的这些就是这些

2020.6.1

谷雨

清明的雨水仿佛还在天上
谷雨就已来到
云层越来越厚
灰色的云堆积成黑

何时才能来一道闪电？
那自天顶一劈到底的
巨大的荆棘

雨生百谷的节气
是落种子的好时候。
种花生玉米棉花甘蔗高粱大豆……
而它们苍荡的日子
是在去年。

我不再看天
也不再望云
我只有紧紧咬住一根刺

全身埋在土里。

我是 2020 年新生的植物
缺水
想哭
但没有眼泪。

2020.4.19，谷雨

热气球

泥湴飞溅的四月
一只热气球向我耳语：
自幼年起你便独自一人，
照顾历代的星辰。[1]

傍晚雷鸣电闪
我猜热气球已乘闪电远去
那过程也已远去
它遁入时光隧道。

历代的星辰
我照顾的方式
就是给你们
洗脸梳辫子

1 笔者按：此句灵感源于 2020 年 4 月 20 日新浪微博网友留言，有人在我的旧作《过程》前面加了这么一句——自童年起我便独自一人，照顾历代的星辰。

星辰的头发长得可怕

就像这个漫长的春天。

2020.4.20

世界的孩子

那时她真有些未老先衰
当荷花苑还在真实的汉口。

一个异常的四月惊醒了她
春天寂静
（当它被封住嘴）
春天喧闹
（当口罩飞来飞去）
春天的骨灰
多于常年

大风狂刮呀，在春天
天蓝得像地球无人居住
这时她望见了荷花——
那在汉口荷花苑之上的荷花
从永恒的夏日来临。

她是世界新生的儿童

与植物

尚未命名

但飞快抽条

2020.4.21，晨

风真大

一大片鸢尾花只开了一朵
这个四月亘古未有。
高大的玉兰树
翻转了它全部的树叶。
阵风九级　春天召唤了
浩大蔽日的蝙蝠。

在鸢尾旁边陪它站了一会儿
全身裹严，只敢露出耳朵。
不到两分钟我就逃掉了
我担心脚下突然裂开
草地变成深渊。

鸢尾花
你的星座滴答作响
在风的噪音中。

2020.4.21，兼赠金牛座友人

狮子（两首）

其一

第一次迷路，五岁
在文化馆门口
两只石狮子
把我砸进深渊

第二次，是在梦里
我与一群狮子在山上相遇
它们在我身旁随意走动。
仿佛我是同类

然后我落山
行很长的路
一只狮子跟在我身后
那是 1991 年，我怀有身孕。

第三次，我望见了海

浪涛之上站立着狮子
迷蒙的水汽中
时隐时现。

我看见自己在一片松林中
向着海的方向
风驰电掣

2020.4.23

其二

乘坐样式古怪的庚子年春天
它破浪而来。
我猜它来自广西北流
文化馆门口的深渊。

青石的狮子
它转世到了大海。

那些青石我是认识的
小学时每周去挑石头
喀斯特地貌的石山
被炸开了内脏。

狮子的魂魄早已离开
这五十多年不知它去了何处。

我是如何重新遇见你的，
我的狮子

我在时间的迷宫里奔跑。
黑暗中
你身形庞大。

2020.4.26

有生之年不能到达

不是桃花源
虽然在诗文中
如碧玉般燃烧
安静而神秘

地图上可以找到它
有湖
一些素朴的房子
“山边”“路边”“果园屋”“灌木丛”
名字如此自然

假如我去了
最后会看到“沉睡者公墓”
那些有趣的灵魂就在这里
他们互为朋友和师生
无论生前，或是死后
都是近邻

康科德，虽然你就在那里
而我是不能到达的
有生之年，所剩不多

我只能在字中阅读你
看见清冽的光
在有生之年

2020.4.24

康科德（之二）

是什么，从北流河升起。
穿越北美的康科德
到达神经末梢。

仿佛不能释怀
康科德

在河底之下
银河之上
越过丘陵与深谷
穿越康科德的灌木与沉睡谷

那颗巨大的水滴
它居然没有摔碎

走过历代星辰之后
“当泪水里的盐

铸成坚硬而甜蜜的铁”

我仍要回到深河。

2020.4.25

2020.11.5 改

遐想

假如 27 岁，或者 32 岁
徒步
从德国巴伐利亚出发
穿越瑞士全境
抵达阿尔卑斯山南麓的
意大利

携带一只酒精炉
越过重重关隘
在山脚下的某个湖区
住上半年

那就是私奔
劳伦斯 27 岁，弗里达 32 岁
徒步私奔，难以想象

假如从武汉徒步去广西
也许近一点，或者远多了

（没学过地理的人有点可笑）
去西双版纳也不错
丽江，太冷

……

我打开水龙头
清凉的水从指缝漏下
朝早写诗
傍晚洗菜
我已获得，期待的人生。

2020.4.26
2020.11.5 改

那根刺

那根刺是鸡丁锄的样子
一头尖
另一头是扁的
一柄木把
1969 年的鸡丁锄

它被时间缩小
钉入我的肉身
度过一个又一个艰难的日子

一把鸡丁锄在血液里
我已不觉得疼
它时啄时停
我不清楚是谁在握住那柄

只有发烧的时候我会记起它
以及听到钟声
在山那边小学校

悬挂在屋梁上的
一块铁

那铁质已助我长成结实的心脏了吧
但它在时间中摇晃
（那根悬绳很粗）
至今仍发出当当之声

2020.4.29

酒，或别的什么

我以为我抓住了
跟酒接近的某种东西
可以含在嘴里
仅含着就能到达
全部的细胞神经

比酒更高
但仰望的星星
也并不是它

我觉得它也在水里
但从来不是鱼
可能是树
满身闪闪发亮的叶子

它甘甜
这点略胜酒一筹
许多年的光阴浓缩在一瞬

它更是醇厚的

这个春天我迷醉而振拔

因为它骤然而至

2020.4.30

到达五月，酒（之二）

我们同在酒上骑驰
在酒的时间里

时间那么快
刚刚来得及
写一百首诗

我看见，五月的花开向黄昏
使落日的余晖变得神秘
纯然白色的花
铁线莲在山上浸透了月光

骑上酒飞驰
骑上花安睡
新生的植物即将命名

我们听到酒的嘶鸣
同时听到了

(100)

到达五月　　海子

我们用双手 [illegible] 子插地

在海上的时间是

这时期

~~[illegible]~~

野小姐

叫人 [illegible]

写一首好诗

我相信，王子 [illegible] 的黄昏

你说的 [illegible] 纯秘

纯然的色之花

钱　蓝花山上镀遍了月光

金银

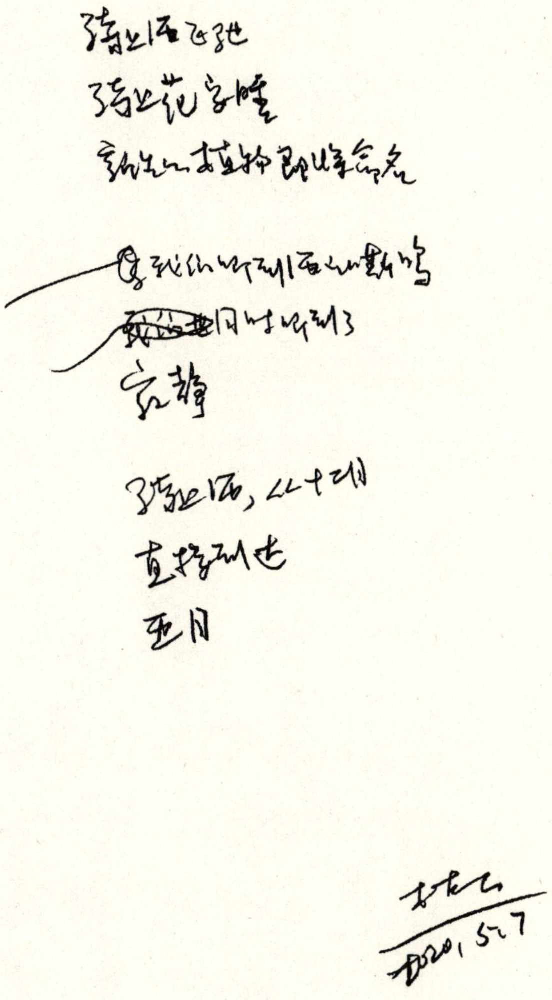
骑上酒飞驰
骑上花容睡
就让我们直接用[illegible]命名

当我们听到酒的嘶鸣
同时听到了
安静

骑上酒，从十二月
直接到达
五月

2020.5.7

（《到达五月，酒》 手稿）

寂静

骑上酒，从十二月
直接到达
五月

2020.5.7

那团光[1]

一床渔网样的破被子
棉絮已经掉光
剩下筋络
她以它过夜

她摸黑写诗
用短铅笔
一团光
我看不清它的光谱

两年后
我在深圳吃她炒的菜
从北到南

1　笔者按：80 年代，在桂林和王小妮同居一室，天凉，要加盖被子，她打开柜子，先把一床好被子（棉絮）给我，剩下的那床，像渔网一样满是洞，她看了一下，说，我就用这个吧。晚上怕影响我睡觉，她关了灯，在黑暗中用一支短铅笔在纸片上写诗。有朋友讲，她喜欢清瘦的草本花，不喜欢富贵气的大花朵。我对她说，你连养花都带着道德属性呢。她笑道：是的。

白衬衣沉静如常
她对草本植物的道德感
依然清晰

铅笔和纸变成光
过程并不复杂
就是在年复一年的灰中
种一些姜

一直在纠缠的筋络里生长
这团光足够亮
它就在那里

2020.4.30，下午草
2020.5.1，抄改

担心（三首）

其一

那刀刃
我将尝试着站立

刀刃的形状
也许是一尊跪像
谅我也无此力气
能把泡沫变成石头

当然我也是怕的
在口水的汪洋中浮出水面
是多么艰难的一件事

但我至多长久失眠
若整夜睡不着
我就静静坐住
双盘腿，手心向上

心思不动如雕像

2020.5.1，晨

其二

尖喙戮心
利爪噬根

她的担心并非全无道理
蜗牛的触觉探到了烟
一只离烟那么远的蜗牛
预先望见我倒地的幻影

烟的后面是火
您千万不要发声啊
她恨不得抱一抱稻草盖住我

我怕，不可能不怕
但我无法藏起自己
这个春天，谁又能藏得住

蜗牛的收缩是本性
我的本性是什么呢
这真是一个难题。

2020.5.2 草

其三

每天清晨
母熊望向它的幼崽

有些人疯了，是真的。
它观察空气中的悬崖
望得真切

它看见一只鸡蛋泼溅
蛋黄碎裂如火焰。
不怕，我会试着不动如山
“这恐非凡人所能”

好吧，那我答应你
无论如何
不会被火焰焚毁

我的神兽，我的母熊
我知道你在长满松树的山林
你心脏结实
而这个春天
所有的幼崽
成长的速度超过了松蘑。

2020.5.3

春阴

雨将下未下
蒙蒙雨
这南方的词语
跟随三日春阴
时出时入

天地湿润
草木青绿
这几日沙尘未到
约等于南方

岭南的木棉该谢了吧
鸡蛋花是否已盛开
癫佬[1]们的兴奋该停歇了
木棉花开的三四月
他们成群结队
颠行在河边

1 癫佬，广西北流方言，疯子。

历历在目的三月疯癫图

此时已湮没在烟雨中

你失去了南方

又未得到北方

错综的遗憾

变成经纬交织的想象

使你轻盈

如斯

2020.5.9

时间的鬼脸

小时候你喜欢冲镜头做鬼脸
男孩子一样的发型
一只黑色的八哥站在你肩头
你裸肩
一件跨栏背心

但你长大了
送给我鲜花和眼霜
会炒菜

作为一个独立的人你很快乐
何况还找到了另一半
多好的一天啊
最好的五月

阳光中有一块空虚
它越来越大
连风都填补不了

我知道
那是我自私的愿望

我多不想你长大
多想回到你小时候
一只突然醒来的水罐
发现那光芒就要漏尽

此刻我待在海市蜃楼中
时间没有流走

还要写多少首诗
才能看见时间的鬼脸呢
还要读多少遍佛经
才能接受一只往昔八哥的消遁

2020.5.10，母亲节

五月

我簌簌地响着。

重新开始了

五月

在周而复始的五月中

这一个比任何一个都明亮

我沉溺在透明中

我洗衣、切菜、拖地

一只蜜蜂在飞

向那透明五月的深处

我和五月各自透明

凝视着

森林中的大瀑布

花朵永恒

天空完整[1]

许诺的声音恰如水声

2020.5.11

1 此处“花朵永恒 / 天空完整”两句诗出自曼杰什坦姆。

瀑布

大瀑布跨越国境
藏在森林
水
奋不顾身

断面的悬崖
一种力
失重，再失重
癫狂的水

树根为此跃起
结网的蜘蛛被激荡
水啊水啊
日行八千里

“你的源泉来自梭罗
万重山送你一路前行”[1]

1　名曲《梭罗河》句。

我们从激流边走过

新鲜的水汽终生缠绕

2020.5.12

2020.11.6 改

读后感

一本 658 页的大书
一个人不完美的一生
一只瓷碗

一个女人的容器
被她自己的激情
弄碎了

又病又疯的女人
在男人肩头又咬又拧又抓
她的野性如火样绚丽

激情宛如毒药
她一只脚中了毒
法西斯主义与政治无关
只享受集会的兴奋

她的不安让她进了精神病院

此后终身单独监禁
他的不安则成为崇高的命运

锔，我想起了这个字
她多么需要一只金刚钻
在瓷碗上钻上一排孔
让不可收拾的胸腔
钉一排密密的针脚

未经反省的一生
迟早会裂掉

2020.5.13

甘蔗（十首）

当冰雪涌入甘蔗变成甜汁

这个月我热衷私奔
向往康科德
为你全然空白的许多个年头
我要把自己挂在一列火车上
我要变成蒸汽
启动这火车
同时变成铁轨

逢山炸石
遇水架桥

我打算从广西到西藏
从西藏到猎户星座
穿过黑与白的风暴
停在你暗黑的悬臂上

你的臂弯深不见底
但我可以发光
像蜘蛛吐出柔软的丝

当冰雪浩荡
涌入甘蔗变成甜汁
我要再次回到广西
以便确认
那片甘蔗是否还在原地
我将预先看见
你内部的浪花
奔涌而出

2020.5.27

2020.5.28

之前

之前我低敛
萎缩
与一只陈年的橘子相仿

这个春天我意外尖叫
那铁丝般的声音
又细又长
连月缠绕

也许我会成为一柄甘蔗吧
主茎粗实，节节向上
每一张叶子修长尖利
叶缘隐藏无数锯齿

这甘蔗
多像一株大号的野草

大地静默
不知如何是好

2020.4.27

乌托邦

山林里有甘蔗
一小块旱地
开出一垄

幼嫩的芽
生于虚空
来自去年，森林中的瀑布

穿过夜晚的东四十条
我蹲在甘蔗地里
街心公园里的树

是森林的拙劣版

服用了鸡精

整齐得不像话

彩虹出自哪里

圆形环岛

照亮废弃的车灯

水汽是有的

那是洒水车

在深夜开过

而我的甘蔗郁郁葱葱

来自瀑布的新鲜水汽

成群结队

2020.5.14

之四

在半明半暗中她反复看这株甘蔗
它是如此不同
说不定是苦的

苦楝树转世
长成一株甘蔗的样子
极有可能它并非甘蔗

但她梦见自己在甘甜中
四肢伸展
是另一株甘蔗

在黑暗的水声中
她许诺
一节有一节的甜

2020.5.15

之五

那株甘蔗会应答
那株甘蔗每天应答
那株甘蔗应答了 122 天

如此青绿
青绿如晋代
未被污染的万里河山

这个桃花源在广西的上空
也在地上
在最大瀑布的旁边

我是更愿意它们长在河边的
绵延数十里
其中一株与我有关

它年轻、挺拔、善饮酒
好吧亲爱的甘蔗
祝你尽兴

2020.5.29

之六

我活成了小王子
你活成了玫瑰花

啊多么不伦不类
天空的镜子喷出响鼻
我笑出了眼泪

衰年的小王子雌雄兼备
玫瑰花长成甘蔗的样子

这个五月有点奇瑰

123 天，我们的本事双双增长

居然，爬上了岸

在另一个星球

2020.5.30

木筏

木筏

逆着时间的浩瀚

划呀划呀你青绿的颜色

青绿的颜色抛上浪的巅峰

划呀，亲爱的甘蔗

遍体光焰涌入黑暗

满盈的甜汁昼夜荡漾
你的叶子簌簌响
满身的白粉离开故乡

划呀浪涛汹涌
你沿着金色血液的河流
划呀，以蔗为桨
在雷声震震中

2020.5.30
2020.11.5

之八

那醉意渐浓的棕榈树
一阵风解开了它自己
裙裾的深处

那硕大的花
金色的苞蕾层层叠叠
卷曲的细叶在膨胀
南宁的青秀山，收尽了
白日七彩的羽翼

好吧晕眩着我弯下腰
朝向你光明的喘息

2020.5.30

榨糖

昨夜雷声隆隆
两棵粗大的栗树
变身为糖榨

甘蔗们

进入碾压的结构中

巨木，互相咬合

齿轮，嘎嘎发力

我们头尾相并

进入狭窄的缝隙

当一切抵消

当我们献出自己

当金黄的甜汁流下

当蔗渣变成纯然的白

我们便拥有了

共同的甜与不甘

2020.5.31

沉浸

她沉浸在一条河中
装满春天的河
辽阔、青翠
离天很近

甘蔗漂荡在河面
刚刚好
不轻也不重
潮湿使它闪闪发光

她不生育人类
只生育甘蔗

2020.6.3

(53)

黄昏之二

给我草原上宿地网

~~在树叶的[illegible]~~

在把露鱼做们给世界之后

~~给我那悲心的车辆~~

高情与秘的叶滩

跟随了，喧嚣的色的道路

回到家园

回到~~故乡~~在世界之上

~~此去周围之外~~

~~我上天的道路~~

给高原

世界像个家高原

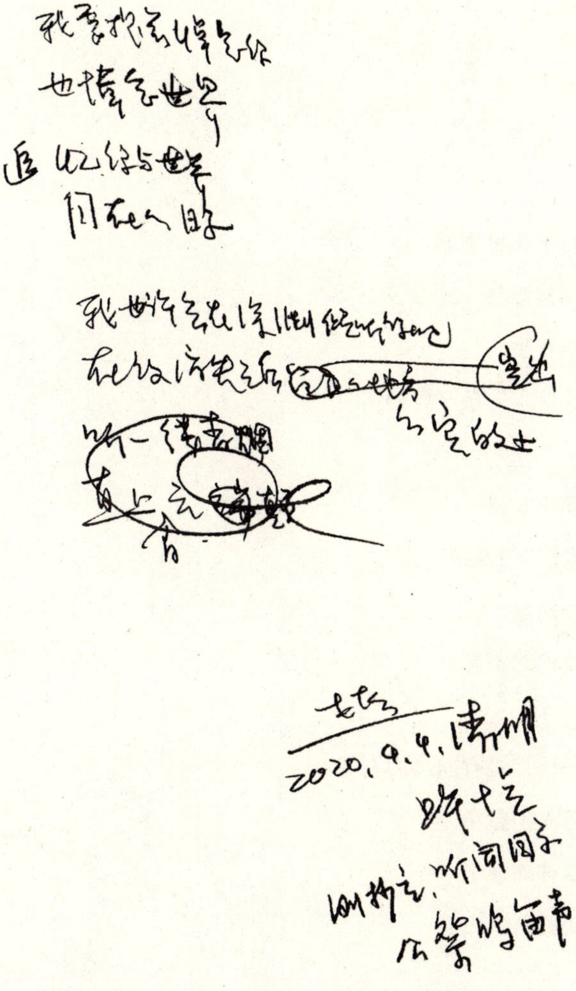

（《缩塌》 手稿）

西藏（六首）

石子

那石子在她手心
冰凉到温热
她松开手
石子落入一条平行的河

连续 105 日
她准时听到回声
河心荡漾
波纹连绵不息

这一日，没有回声的石子
它落入了虚空
河水被冻住了
抑或莫名消失

她挨着时间

一寸一寸

五月的天空也适时变灰

天地的沙尘与内心的，同时来到

黄昏到来，她想倒转自己

而这时，就在这时

从高处传来水声

那河流已到达高原。

2020.5.16

米玛雪山

我有多久没看见你了

十四年

当然那也许不是你

我在一个垭口留影

影影绰绰
雪雾中你的身姿

你刹那的姿容
被一辆路过的车送来
多么亲爱的名字呀
米玛

那么多的云与你浑然一体
你山体依然清晰
米玛山
你值得在五月路过
你值得我大口呼吸
也值得彻夜难眠。

2020.5.16，下午

雪在千里之外

看见高原的雪
在五月
我不由地变得深情

雪在千里之外
（或者万里）
心思单纯

太阳晒不化它
它向着雪原的四面八方
铺开它的白

它的静穆照耀我
我将报以水滴
以及内部的阴影

2020.5.17
2020.11.6 改

高处的盐

有些盐不在海里
它们在高原

汹涌的矿脉
千万年
以沉默为美德

一口井打开了窗
这时候
袒露成为美德

赭红色的盐田
是新生植物的嫩叶
水光与白云，同时气象万千
当水分蒸去

赭红、天蓝与白

晶莹一体

它们向人类睁开自己的眼

2020.5.20

小满日

就是和高原的云

也是和空气

碰出清脆的声音

仿佛是上一世传来叮的一声

不知昌都是冷还是热

不理它

我就随便乱想吧

必定有水稻和油菜
也有大片的青稞
不然你的青稞酒从何而来

水稻和青稞都灌浆了
小满日
我命名你是小江南

我更愿意你是岭南啊
你从温带陡然跌至亚热带
一步跨越横断山
从澜沧江变成湄公河

那些酒绵延不息
直至汹涌
只有在云上干杯才对得起它
小满日的酒

2020.5.21

昌都

大雪加厚了云层
你们以铁甲虫
代替飞机

蠕动的甲虫
三条大河，三列山脉
参差交互

从昌都到成都
念青唐古拉山横断山宁静山
金沙江澜沧江怒江

听闻川藏线是险境
头顶空悬泥石流
而你们穿越寂静的黑色与白色

你们的铁甲虫
你们的铁骑
你们一身雾气如花粉

昨夜初三的新镰刀
把无根的厚云收割了
早晨，天空的黄金已擦亮

2020.5.26

东山的枇杷你好啊

——兼赠叶弥

东山的枇杷你好啊
昨夜的大风你好啊
之前的雷声大雨点小你好啊

在午后骤然黑暗的阒寂之上
在仍未摘下的口罩之上
果实累累的东山你枇杷的笑声
枇杷的笑声闪着光穿越云层

风驰电掣的快递，你好
早晨七点你好
星期一的阴天你好

因为你，透明的五月照亮了乌云与白云
五月每天都在跳跃，而今天
跳得最高
你美妙的圆形与甜汁
就是海洋起念关进栅栏的一刹那

东山的枇杷你好

叶弥，你好！

2020.5.25

一只铁锤

一只铁锤敲了 120 下
坚硬的壳
面具
重新聚合成
赤子之心

120 首使她确信
这足够停止衰朽
纵然它们光芒微弱
转眼成为虚空

多么新鲜的声音
五月的帽子奔跑
五月的龟背发芽
五月的云，怀孕与分娩

心脏跳动
就这样吧，神秘的礼物

从最初

到最后

2020.5.27

2020.11.10 改，写给自己

承蒙不弃

烧红的铁块对着铁锤说
承蒙不弃
火花飞溅
铁
跌落
崭新的锄头闪光

承蒙不弃
海底的水草细声说
它不需要谁听见

洋流涌来从遥远的那一边
巨大的声音如夏日雷鸣

无尽的水
无边的蓝
它们坚定地到达底部
那水草的心

2020.6.4

深渊

那嘣的一声迟早会出现
你坠落
头发向上

你每天等待着
那一头的绳子
忽然断掉

钟
在黑暗中
有着猫须的时针

深渊真是深呀
一切才刚刚开始
既然选择了悬崖
其实你也并不惧怕

你是黑暗底部的种子

沿着空气上升

2020.6.5

是时候

是时候了
梦中有人握着我的左脚
握得很紧
使劲推

过界了，他说
（也许是我说）
梦中的力从左脚向着床头推
完全不像在梦里

那握力从何而来
开启了我
又在梦中关闭

我一步一回头
是时候了
我看见过一条蚯蚓

它一头向东

一头向西

断成两截

2020.6.7

我要忍着那金色的麦芒

我要忍着那金色的麦芒
忍着蓝天下
那一棵石榴树

忍到麦芒在星空下被收割
忍到多汁的石榴籽
变成铁
忍到你的泉水喧响
或永远不响

以深沉的梦寐之心
以前所未有的柔情
以麦芒与石榴的低语
六月
我在你的无边无际中

2020.6.9

穗状花序

我不得不书写你白色的蝶翼
当你在五月透明的阳光下
那时你的白色有无数出口
你的光芒有无数拐弯

而我是六月的
穗状花序
自愿缩塌
缩成寂静的一个点

大概就是一条虚线
或由六个点组成的，省略号
而我倒置的梦
仍停留在白色的内部

在塌缩与停留之间
未必没有机会

跨过倒转的边界

在永恒的花序中

2020.6.22

织

我睡在一只鸟的阴影里
它的名字叫
织

它要植入多少条线
用尽毕生的力
织它并不需要的那块布

金线、银线和彩线
是虚空
只有无尽的青草

它的梦
斑斓铺展至猎户星
壮阔，且徒劳

而这一块苫布
是结实的

那杂色的经纬

还在缓慢抽条
它们越过梦的阴影
等待雷声

2020.6.28

七月

七月就是这样
青草汹涌，同时
你发现更多的花

那种花状似百合
你第一次发现它重瓣
橘红色
重重叠叠幽且深
火焰的心，在最深处

它费尽全部的力气
藏住了自己
却又从来没有
扭曲花蕊

七月就是这样
青草汹涌，当然
你无法让风停止

2020.7.3

(81) （[illegible]之四） [illegible]

[illegible]

[illegible]

[illegible]

西[illegible]

[illegible]

[illegible]

[illegible]

一旦[illegible]，

[illegible]

[illegible]

[illegible]

[illegible]

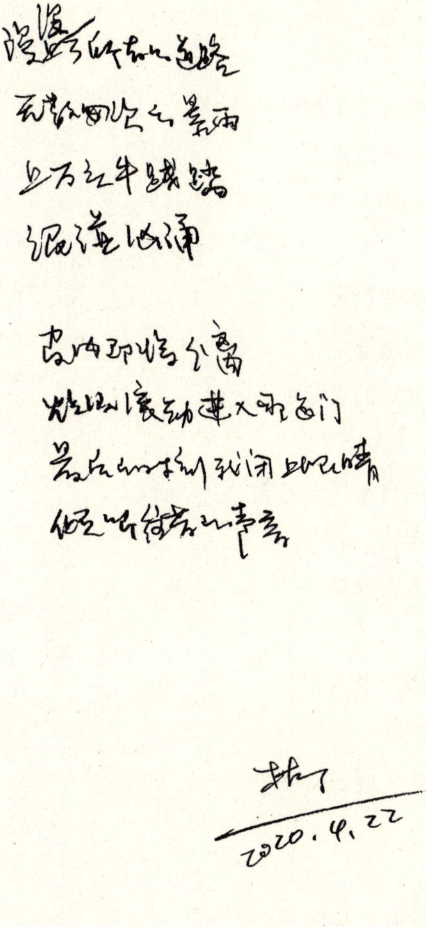

漫过坎坷的道路
无数的回旋的暴雨
上万次的踌躇
汹涌汹涌

当内即将分离
炸烈的震动进入我的家门
当你的手抓到我闭上眼睛
倾听结束的声音

2020.4.22

（《汹涌》 手稿）

一枚印

你的香气并非来自一朵花
而是来自一块泥土
那烧过的印

那香气囚禁已久
燃烧使它逃逸
它穿着灰烬的衣衫来到此时

那诗句来自宋代无名氏
这几百年
不知那人去哪里了

花不能瞬间变为泥土
泥土也同样
它们住在不同的星球

而此时
它们统一在一枚印上
“九重天上闻花气”

2020.7.5

永恒的螺旋

从六感乡下的田螺
到萨迈拉的螺旋塔
那条螺旋线
从泥湴到沙漠，直通
地球上的盘山公路

你沿着田螺石螺塘螺
沿着螺肉和螺壳
沿着紫苏、辣椒与姜
再沿底格里斯河逆流而上 126 公里
黄色大地上巨大的光塔
硕大无朋的海螺
萨迈拉

螺旋般上升
螺旋般重复
永恒的螺纹
引导我们上升

2020.7.12

二月到三月（十二首）

二月，所有的墨水不够用来痛哭

二月，墨水用来痛哭
借他人的墨水
用来痛哭。

黑色的墨水
用来痛哭
梦中的高烧
用来痛哭

立春已过
巨大的消毒车轰鸣
武汉，燃起黑色的药雾
二月，痛哭

大雪连日不停，痛哭
雪停住了，痛哭

空无一人的街道
白色的肺、白色的亡灵
连同被压断的胸肋骨
二月，所有的墨水不够用来痛哭

十四天，拐点未到
红色的数字
悬挂在方舱之上
二月，用来痛哭

乌鸦飞过来，痛哭
乌鸦飞过去，痛哭
成群的乌鸦停在窗口
二月，大放悲声。

2020.2.4—2020.4.7

千祈[1]，千祈

我担心自己发烧
三十六度五，
没有烧
三十五度六，
没有烧
三十六度三，
没有烧。

夜里，全身燃起大火
白色的火从肺出发
一寸一寸燃烧
肺白了，血肉变成纤维

一头白色的纤维巨兽
嗷嗷高叫

1　千祈，广西北流方言，千万。

从空气中跃起

白色的灰烬将我吞没

雪后，我一次次望向天空

向着乌云——那些厚云与薄云

向着白云——那些羽状云鱼鳞云瓦片云

我向全部的云

向至深至大至高的天——

千祈，千祈

我念叨着，用我早已忘记的方言

直到

梦中的黑色火焰消退。

2020.2.18

记录吧，你

网购了一箱压缩饼干
即使没有米
没有菜

广西寄来二十只口罩
因为，柳州复工了
紧缺很快缓解

牙膏是有的
但
我可以不刷牙
头发很长了
春天
皮囊肮脏

任何时候写诗都是野蛮的

奥斯维辛
之后
之前
之中

二月的舌头已生锈
再不开口就来不及。
记录吧，你
把诗忘掉

2020.2.22，晨

那只兔子

一只兔子
在空无一人的武汉大街上
末路狂奔。

沉沉黑夜
认不出是哪一条街。
我看见当年的自己
狂奔着
一路赶去单位开会

武昌这边的徐东路，
自南向北
过长江二桥
沿黄浦路，一路向北
一只大转盘
左拐，再左拐，
黄孝河路
就到了
江岸区解放公园路 44 号。

狂奔的兔子，
请你告诉我，

你要跑向何方？

2005 年我搬到汉口
发展大道
荷花苑。
饭后散步
过两个街口，十分钟
唐家墩村委会对面
华南海鲜批发市场。

狂奔的兔子
夜已深，请你告诉我，
你要跑到几时？

天和地，深不可测
扬子江，深不可测
路灯惨白的光
照你末路狂奔

你一身惨白的毛发
比白更白
比黑更黑。

2020.2.24，午草，夜改

贴地飞行

庚子年的时针指向我
我变身为使者。
每天半夜
等着传来文字

手机叮的一声，
我翻身起床。
在黑夜泥泞的顶峰，
一粒星星时隐时现。

你贴地飞行吧，
但要记住，在低空
永远不会有优雅
也容不下任何一点失误
要越过莫名喷出的泥浆
甚至，青蛙与狗与兔子。

徐东大街黄浦路
解放公园竹叶山
连同丘陵、平原与沙漠
锈迹斑斑的夜
锈迹斑斑的人
是黑夜的铁的顶峰。

等待的人们
在深黑的夜里

2020.2.25，晨

病毒卡在喉咙里

病毒卡在喉咙里
年复一年
我们像鱼一样
张嘴而无声
在干涸的海滩上
干涸

你腰痛
颈椎痛
你知道的
并不比我们更多

你的文字令人晕眩
一时出现
一时又消失
领口上的铁皱褶
你的紧身衣

有什么在失控
问谁呢
昨天晚上失控的
白细胞

2020.2.28，写给 YLK

闰二月

二月二十九日
是的，这个二月
比帕斯捷尔纳克的
多了一天

多出整整一天的浓雾
多出整整一天的购物清单

多出微博上的延时发布

多出要翻越的墙——

潮湿、泥泞、脏雪般发黄

但我们的墨水

没有多出来。

没有多出来的，

还有——

我们的命运。

2020.2.29，午，读到王家新《闰年》

三月，遥看花开

三月了

有时，我们走在地狱的屋顶上[1]

---

1 “在地狱的屋顶”语出小林一茶的诗句。

凝望着花朵。

有时，我们走在花朵的边缘[1]

俯瞰着地狱。

谁的诗？

第一句是远的，

第二句是近的。

我扒开春天的门缝

遥遥而望

花瓣的颜色

与白内障同款

2020.3.1，晨

---

1 “在花朵的边缘”语出王家新的诗句。

(85)

（荒年之五） 荒芜 ~~荒城~~

它还没有出生[illegible]

只是[illegible]后代的[illegible]

~~我不能[illegible]~~

故意倒悬在我的书桌上

那些伤

伤心的事儿

与我相关

一只羞怯的乌鸦在啄

它露出了白骨

它们[illegible]的[illegible]吗

[illegible]

[illegible]

却有一种出乎意料的坚硬

我们[illegible]一只[illegible]

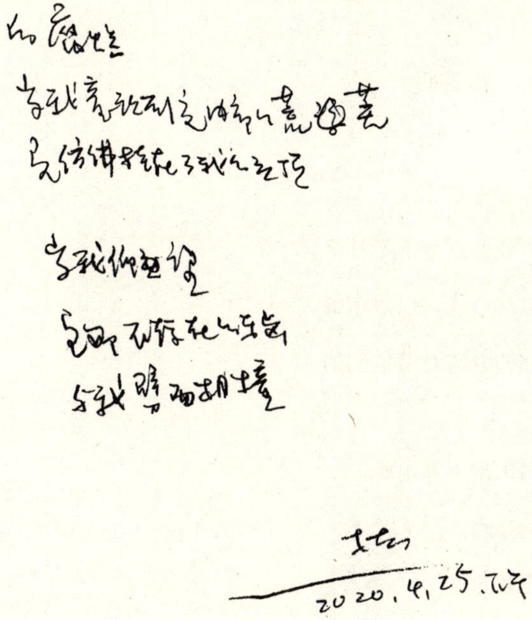
给露先生

当我意识到这内心的荒芜
是信佛拯救了我的空洞

当我俩重逢
是那不存在的[illegible]
与我[illegible]

[illegible]
2020.4.25.下午

（《荒芜》 手稿）

你好吗?

你好吗?

听说你已下沉至社区。

冷风透体，口罩单薄

你的眼睛对着他们的。

当年我生存艰难，

你牵线，

我从北京

调到武汉。

我永远记得

2003 年，秋天一声炸雷

骤雨未歇

你的电话就来了。

借你的电脑，到北岸上课，

在长江二桥接到电话：

今天大风降温，

你好吗？

《妇女闲聊录》初版

题献你和邓一光

那是我的

书生答谢

二月

草木齐放哀声。

你的处境让我心乱，

消耗了多一倍的安眠药。

我来替他们祈祷吧

愿他们永不闻哀鸿

永不见尸袋

永远如沙如铁

2020.2.29，晨，初稿

2020.3.1，五稿改定，写给李修文

平行

十六年前
你们颁给我一个平行奖
评委有何锐宗仁发李小雨
奖金 3000 元
是我在北京月收入的十倍

在洪湖，先下了雨
又停了，热气蒸腾
来捧场的

还有魏微和苏瓷瓷
苏瓷瓷曾替我雨夜买药
我至今想念她
还有她未出生的女儿

洪湖的螃蟹不够大
但它们的新鲜度
跨越了十六年
张执浩的宣言就是那次提出的
“要改变你的语言
必须改变你的生活”

雨时落时停让我困惑：
如果生活无法改变
语言难道将是一片死寂？

今天想起这些
我们各自戴着口罩

在南方和北方
平行着

2020.3.5，晨 8 点，写给武汉的朋友

我时常想象你

我时常想象你
在这个春天

你的出现要追溯到 50 年前
广西北流
母亲下班回家
说接生了一个无脑儿

无嘴亦无眼
沿着漫长的国境线

你的内部
是无边的黑呀

全然的黑
被肉体捂住的黑……
我插队时在大雨中夜行
有时会有天上的星光
不知你的内部
有否星光

你是否有脚
有手
我一直不清楚
而我时常想象你

2020.3.7，晨

回忆和小引去额济纳

黑色的物质组成隧道
我们穿行其中
两边是红柳的密壁
黑夜更黑

车和司机都是大街上找的
没有当地人陪同
越行越诡异
该不是大劫将至吧
我的天

一阵眩晕忽然停下了
在车里辨不出已到了戈壁滩
小引说
闭上眼睛，我来牵你

好了睁开眼吧，星星的瀑布
激流般被他开闸
你一下跌入星星的漩涡里
我的天啊
亿万颗星亿万光年
恒河沙数沙数恒河

北斗七星就在地平线上
它居然是平躺的
而广西北流
是在头顶，倾斜着
在头顶的，现在是——
银河中心的大漩涡

到胡杨林的时候
我尚未停止眩晕
在四道口我们翻墙逃票
门票实在贵得离谱

千年古树下

我站立留影，他们笑道

有点像阿拉法特

说起来

我的微信还是他帮设置的

设个密码吧

一家餐馆有 Wi-Fi

那是 2014 年

额济纳

2020.3.9，午时

手工紫铜

你就如同广州
至少是广州的二分之一
我们的青春期叮当作响
从岭南到北京

我在 2016 年的十甫路眺望榕树，
它们气根累累
如同我刚刚剪掉的长发再次长出……
潮湿的空气忽明忽暗
古怪的发型无端盛开，
多年前，它们曾经遮住了我的半边脸

而你正在路上
佩戴着云门寺的楞严咒
你用手机导航
在楼底下整整转了两圈半
每一圈
正好代表十年

是的，我们相识于 1992 年

四分之一世纪

恩宁路上的紫铜是手工敲成

它是如此缓慢

叮当之声

经年累月

花纹变得圆润

时间变得锃亮

当它到达时已成为美器

一只是香炉

一只是茶则

2016.11.17，写于广东到香港红磡的高铁上

2020.11.19，改于香港九龙仔公园，为林宋瑜而作

霞

二十七年未见
常常想象女囚般光头的你

1990年，魏公村
还记得吗？
在场的某某，现在已经非常著名
某某断绝了音讯，不再写作
带我去你家的某某某
十年前已离开人世

说好聊一个通宵
你为我们准备了好吃的
半夜时分有人敲门
不许聚众
而这时停电了
漆黑一片

你摸到了蜡烛与火柴

手持亮光

领我们走下又长又黑的楼梯

一级又一级

一层又一层

你拉着我的手

认为我最需要照顾

如今到了最后的时刻

癌病房……

监狱的条纹号衣

女囚般的光头

在星空之上

永恒的夏天

一如你流光溢彩的名字

2017.7.9，想起霞，1990 年曾在她家聚会

2020.1.1，改定

花寒

大团灰云翻滚，
天上星星，
踏雪寻梅。

梅花开在最僻静的地方
不是山上，而是天上，
在乌云的深处，
除了星星，无人能见

在早春大步疾走，
迎面碰见瘦小的保安，
他正奔跑着，
挪开栅栏。

天上的梅花，
如此寒冷，
如此遥远。

2018.4.3，夜

(96) 多年后 [illegible]

多年后再遇见你 我会怎么样
[illegible]另一个
[illegible]

甚至更加
如一粒 尘
在空气[illegible]

[illegible]
[illegible]
[illegible]

[illegible]
[illegible]
在[illegible]之[illegible]

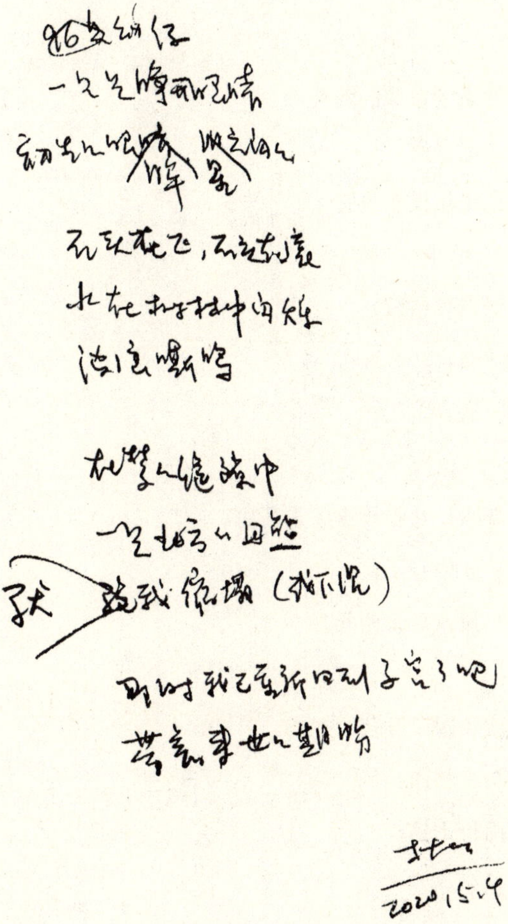

（《多年后》 手稿）

复方甘草片

一粒近于老鼠屎的药片，
是的，老鼠屎，
我有二十年没看见它了。

我曾经日夜依赖它，
书桌一瓶，
床头一瓶。

二十年来，它不再出现于药房。
是的，太便宜了，
五角一瓶，后来两元。

今天我去医院开药，
惊喜与之相逢。
虽然涨价十倍，
但仍然是
我相依为命的甘草片。

为了接上之前的二十年，
我特意咳嗽了四天。
甘草片不知发生了什么，
黏糊糊的，
被握在我的手心。

2019.12.26

囤积

我不停地囤积作品，
以等待我的晚年。
我先搬动一些大石头，
就是那些长篇小说。
然后是一些小块的石头，
你可以想象成篇幅不等的短篇与中篇。
可是缝隙还那么多，
我再用什么来喂饱你呢。

我的饥饿是无形的，
我的云彩也是无形的。

2018.11.4

我吃下的，都已消化

我不再柔软，
我的血不再鲜红，
如果胃出血，
那定然是黑的。

我记得我的胃，
记得胃的痛，
胃的胀，
胃里一串串打出的嗝。

自从第一次吞下玻璃
三十年，食管与黏膜
悉数变成胃液
我把我吃下的东西变成了我的胃。
在我身体的外部。

我吃下的，都已消化
那些啸叫，

石头，满地的纸片，

木质的纤维，

钢铁的利齿，

我消化了的，都已消失，

连同那只早已变质的胃

坚硬如钢，

粗糙如石。

2019.11.14

致——

你这样在意恶评
以至于胜过
对死亡的恐惧
十八日，你认为某书写得很好
十九日，它似乎糟糕到了无望的地步
二十日，你重新获得了勇气
二十一日，你丧失了它

我不打算和你谈论焦虑
我只想谈论河水
清澈与迷人的激流
以及
装在你口袋里的石头

2019.4.7

假想女儿出嫁

我多么喜欢油菜花，
地球上的油菜花，
她们永远不出嫁。

就生一片油菜花吧，
我可以当油菜籽的外婆，
榨油的油菜籽，
嫩时深红，
熟时深蓝。

这样蛮好的，
万物终将开花，
时间迎风招展，
女儿，待你出嫁，
油菜花也将新出几茬。

2019.11.14，冬至日改

为铁生与希米而作

她想成为女巫
为了与你相会

十年了，你在哪里呢？
今年一月十四日
我坐希米的车去水长城
天很蓝，向着北方
她的拐杖静谧无声
那时候，你在哪里呢？

是水的中间？
砖的硬度里？
又或者，与她的拐杖
同在静谧中……

她谈起打坐
有没有一条到达你的路？
甚至扶乩

甚至念咒
“我想我会变成一个女巫”

我们沿着冬天灰色的道路
沿着路边的冰
沿着波浪暗涌的
冰下的水
2020 年
我们从一月到达十二月
你在哪里呢？

时间在你的轮椅上
今天是大雪节气
你在哪里呢？

2020.12.7，大雪节气，为史铁生逝世十周年作

2020.12.9 改

无题

前天在南新仓
看见一只斑鸠站在松树上，很好看。

今天又看见
两只斑鸠在松树上，一企一卧，
有一只飞下竹林觅食，
旁边还有一群麻雀。

这样看了，心情好。

2020.12.9